ख़्यालों की टपरी

मेराज हसन 'मीम'

First published in 2020 by
BecomeShakespeare.com

One Point Six Technologies Pvt Ltd,
Office No. 119-123, 1st Floor,
Building J2, B - Wing,
WadalaTruck Terminal, Wadala East, Mumbai,
Maharashtra, India, 400022.
T: +91 8080226699

ISBN - 978-93-90543-12-0

मुंबई के नाम...जो शहर नहीं बल्कि एक जज़्बा है।

Into The Mystic He Goes

For a man I've known for just a few years, Meraj Hasan 'meem' has become quite a close friend. I've met him personally not more than eight times but we chat on Whatsapp most days. He has a rare old fashioned, old worldly mind - in an era of 'off the cuff' responses, and flippancy, Meraj thinks with much analysis about issues that plague the world. Our commonalities are many. Rock music for one. Meraj's deep understanding and deep insight of music from the late 60s through the late seventies, of thereabouts, the man is an emotional encyclopaedia.

We're also both advertising men. But unlike me, Meraj is also a poet…as this book suggests. Meraj writes in Hindi and Urdu. He's truly ambidextrous…His work is personal and full of panache. The thoughts are identifiable but the writing not common place.

Meraj's first book of poems, 'Khayalon Ki Tapri' combines darkness with light - humor with the harsh realities of life - his poetry is eclectic, it's electric, it's ephemeral and it's ethereal. But most of all, and most vitally it's also everyday.

Meraj is a dark man. Actually let me rephrase that - he's a dense man. With no fear to tread the unknown, explore the unsaid. The subjects he covers are many and varied--- 'Aaj kal' explores the loneliness a man feels when his once noisy home is filled with nothingness. 'Chaubees Ghante' or 'Love Story of a Hooker', describes in fabulous brevity the life of a woman of the night – the staccato style and the aridness of the words, give us a tremendous insight into her empty life

(Jhoothi raat, Khaali baatein, Ghair ki baahein, Nakli aadhein). In stark contrast, 'Lafz, khayaal aur sapne' is a playful poem about words and sentence.

I wish him and this fabulous book all success.

In the words of his favourite singer Van Morrison

"Hark now hear the sailors cry

Smell the sea and feel the sky

Let your soul and spirit fly into the mystic"

Rahul daCunha

2020

दोस्तों,

एक अरसे से, कुछ अधपके लफ़्जों का रूप लिए, ये ख़्याल इधर से उधर भटक रहे थे। कभी कागज के पन्नों पे, कभी लैपटॉप की स्क्रीन पे, तो कभी जहन के किसी जीने पे। लेकिन, अब इन ख़्यालों को एक अपनी जगह मिल गयी है – एक छोटी सी टपरी।

इस पेशकश को नोश फ़रमाइये। कुछ पसंद आये तो चंद चुस्कियां भी ले लीजिएगा। और अगर कुछ नागवार गुजरे तो बंदा हाज़िर है।

–

मेराज हसन 'मीम'

+91 9833410791

meraj.hasan@gmail.com

Content

आजकल

आजकल घर में लम्बे बाल नहीं दिखते
सिर्फ एक लम्बी सी तन्हाई दिखती है, अकेली बैठी

अब घर में छोटी तक़रारें भी नहीं होतीं
बस एक बड़ा सा सन्नाटा टंगा रहता है हर तऱफ

आजकल कोई नहीं पूछता, 'क्या पहनूं?'
बस कुछ ख़ामोश से कपड़े रखे हैं अलमारी में

आजकल बिस्तर कुछ ज़्यादा बड़ा लगता है
और नींदें छोटी होती जा रहीं हैं

और एक आधा पेंट किया हुआ कैनवस पड़ा है
पता नहीं कभी पूरा होगा भी या नही?

लफ़्ज ख़्याल और सपने

कल दिन का लिखा एक लफ़्ज
आज बार बार कह रहा है,
''मुझे अपने जुमले से मिला दो
वर्ना पन्ने से मिटा दो''

कल शाम को आया एक ख़्याल
आज दस्तक देकर बोलता है,
''हुज़ुर पूरा तो सोच लो मुझे
या मिला दो किसी नए ख़्याल से''

कल रात का देखा एक सपना
आज दिन में भी आ पहुंचा है
कहता है, ''कहीं जाने ना दो मुझे,
हक़ीक़त से ज़रूर मिलाना मुझे''

इन्हीं लफ़्ज़ों, ख़्यालों, सपनों से
बनती है मेरी दुनिया
और इन्हीं दोस्तों के साथ से
गुज़र भी जाएगी ये दुनिया।।

चौबीस घंटे/ Love Story of a Hooker

झूठी रात
खाली बातें
ग़ैर की बाहें
नक़ली आहें

सच्ची सुबह
अलसायी आखें
बिखरी ज़ुल्फ़ें
कल की ख़बरें

गर्म दोपहर
ठंडी बियर कैन्स
पुराने नग़मे
नयी बातें

सिमटती शाम
सहमी बाहें
प्यार भरी नज़रें
ख़ामोश बातें

सुलगती रात
पिघलती बाहें
धीमी आहें
गर्म सांसें।।

वर्ली सी–फ़ेस की एक शाम

कभी इस तेज़ ज़िन्दगी से
थोड़ी सी मोहलत लेकर
बैठो लोगों को देखते
सी–फ़ेस की एक बेंच पर

उम्र की शाम में
लाठी लिए हवा खाते लोग

साड़ी और स्नीकर्स पहने
आधी मोटी आंटी लोग

ब्रीड कुत्ते घुमाते
उकताए हुए नौकर लोग

गर्म चना भूनते
रोज़ी रोटी कमाते लोग

और शर्म भरी आँखों से
चिप्स बेचती एक बालिग़ सी लड़की
मजबूरी है बेचारी की
वरना ऐसा क्यों करती ?

नींद के धागे

नींद के धागे में
ख़्वाब पिरोते हो तुम
गले में यह हार डाले
रात हसीन हो जाती है

बड़ी इतराती फिरती है
ख़ामोश गलियों में
सितारों का दिल तोड़ती
अंधेरों को रोशन करती

और कभी एक आध बार
चांदनी का सामना होता है
ढक लेती है ख़ुद को शर्मा कर
एक बड़े से सफ़ेद चादर में।।

मुंबई की बारिश

मुझे मुंबई की बारिश में नहीं भीगना
भीगना है तुम्हारी ख़ूबसूरती में
छपछपाना है तुम्हारे प्यार में
डूबना है तुम्हारे दिल के मीठे पानी में

वैसे यहां की बारिश में क्या क्या नहीं होता
रंग बिरंगी छतरियों की बारात निकलती है
बूंदों की मौसीक़ी सुनाई देती है
पत्ते चमकते हैं, नए पौधों की शुरुआत होती है

लेकिन मुझे इस बारिश में नहीं भीगना
भीगना है तुम्हारी ख़ूबसूरती में
छपछपाना है तुम्हारे प्यार में
डूबना है तुम्हारे दिल के मीठे पानी में।।

एक रमज़ान

मैंने भी एक बार तीस रोज़े थे
एक लड़की के दिल की हथेली पर
उसने बड़ी बेबाकी से पुछा था,
'क्या तुम मेरे लिए रमज़ान मनाओगे' ?

पांच वक़्त की नमाज़ें भी पढ़ी थीं
अपने दिल की सारी शिद्दत के साथ
जैसे किसी इम्तेहान की तैयारी कर रहा हूँ
जिसके नतीजे पे मेरा प्यार टंगा हो

और जब एकतीसवें दिन ईद आई
हमारी छोटी सी मुलाक़ात हुई
उसने हौले से मेरा माथा चूमा
और कानों में कहा, "शुक्रिया"

मुझे मेरी ईदी मिल गयी
और नतीजे की परवाह नहीं रही।।

एक गणपति

घर में आतें हैं
नन्हे मेहमान बनकर
और चंद दिनों में ही
बन जाते हैं फ़ैमिली मेंबर

छोटी बड़ी हर शुरुआत को
ख़ूबसूरत बनाते हैं
एक ही जगह पे बैठकर
पूरे घर में ख़ुशी लाते हैं

जब घर से रुख़सत होते हैं
एक ख़ालीपन छोड़ जाते हैं
घरवालों के आंसू, उन्हें
फिर से आने को कहते हैं

यह नन्हा मेहमान
मेरे घर कभी न आया
लेकिन कल जब वह गयीं
कुछ घंटे साथ रहने साथ रहने के बाद

एक गणपति मेरे घर से भी रुख़सत हुआ।।

वो सारी मूवीज़

वो सारी मूवीज़ जो मैंने
दस दस बार देखीं होंगीं
तुम्हारे साथ ग्यारहवीं बार
देखना चाहता हूँ

वो सारे नग़मे जिनके साथ
एक ज़िन्दगी गुज़ारी है
तुम्हारे साथ उन्हें
नयी ज़िन्दगी देना चाहता हूँ

वो सारी किताबें जिन्हें
ख़्यालों में सजा रखा है
उन्हें तुम्हें पढ़कर
सुनाना चाहता हूँ

वो ख़्वाब जिसे
कभी न जी पाया
उसे तुम्हारे साथ
जीना चाहता हूँ।।

एक और दोपहर

एक और दोपहर चाय पी–पीकर गुज़ार दी
ज़िन्दगी के पन्नों से थोड़ी सी ज़िन्दगी मिटा दी

गाड़ियों की घड़–घड़ सड़क से आती रही
शाम यूँही आ–आकर जाती रही

सूरज अपने घर सोने को चला
रात धीरे–धीरे जागती गयी

शम्मा हर किनारे से चमकने लगी
सारा शहर एक दुल्हन सा लगने लगा

चलो अब हम भी चलकर आराम करते हैं
ख़्वाबों की दुनिया के नज़ारों से मिलते हैं।।

आओ गाने पैदा करते हैं

आओ हम गाने पैदा करते हैं
एक छोटी सी म्यूज़िकल फ़ैमिली बनाते हैं
तुम धुन निकालना, मैं बोल डालूँगा
मुखड़ा तुम जैसा होगा, अंतरा मुझसा

जब थोड़े बड़े होंगे हमारे गाने
एक अच्छे स्टूडियो में दाख़िला दिलाएंगे
ताकि एक अच्छी सी तरबियत पाकर
निखर जायेंगें सुर ताल में

और फिर दुनिया–भर में अगर
सब के अज़ीज़ हो गए यह गाने
हम फ़ख़्र से एक दूसरे साथ
गुनगुनाते फिरेंगे इन्हें।।

तुम्हारा दस्तख़त

तुम्हारा दस्तख़त
आज भी याद है मुझे

तूफ़ान में एक डरी सी चिड़िया
पनाह ढूंढ रही हो जैसे

किसी चील के झपट्टे से
डर के भाग रही हो जैसे

तिनका तिनका जोड़ कर
घोंसला बना रही हो जैसे

तुम्हारा दस्तख़त
आज भी याद है मुझे।।

कविता trilogy

१.

ख़बरों में आया है कि
लफ़्ज़ों ने की बेवफ़ाई
और एक कविता ने
कर ली ख़ुदकुशी

कविता का शीर्षक अभी तक पता नहीं चला है
पर शिनाख़्त जारी है ।

२.

अभी अभी आई ख़बर में
ये पता चला है की
कवि ने कविता के क़त्ल की
पूरी ज़िम्मेदारी ले ली है

लफ़्ज़ों को बा–इज़्ज़त
बरी किया जाता है ।

३.

ताज़ा ख़बर आई है कि
कवि को सज़ा सुनाई गयी है
"उसी कविता में जान डालो
कल रात जिसका बेरहमी से खून किया था"

सुना है, कवी निकल पड़ा है
लफ़्ज़ों को मनाने।

लय / Leonard Cohen के नाम

लय धीमी कर रहा हूँ
जल्दबाज़ी मुझे पसंद नहीं
तुम्हें जहां पहुँचने की जल्दी है
मेरे पास वो मुक़ाम है ही नहीं

वक़्त के साथ वक़्त गुज़ारना
अच्छा लगता है मुझे
Sunday की एक छुट्टी में ही
पूरी उम्र मिल जाती है जैसे

और ऐसा इसलिए नहीं
की अब मेरी उम्र हो चली
मैं हमेशा से ऐसा ही था
अम्मी भी यही कहतीं हैं

तो तुम जाओ महफ़िलों में
और घर जाने दो मुझे
अगर कोई पूछे तो कहना
लय धीमी कर रहा हूँ मैं।।

ऐसा है वो/अगस्त्य

जाड़े के मौसम में
सुबह की धूप जैसा है वो

गर्मी की दोपहरों में
सुराही वाले पानी जैसा है वो

बारिश वाली शामों में
अदरकी चाय जैसा है वो

और गहरी काली रातों में
दिये की रौशनी जैसा है वो

ऐसा है वो।।

Happily Ever After?

और कितना घिनौना हो सकता है इंसान
और उसका ख़ुद का बनाया हुआ ईमान

कल सिडनी आज पेशावर कल कोई और शहर
कोई और घर कोई और स्कूल और कई और सर

क्या मुस्तक़बिल है इस दुनिया का ऐसे में
क्या कहानियां सुनाऊँ अपने बेटे को मैं

कि Cinderella, Snow White और Hansel & Gretel
'Everyone lived happily ever after?'

नाराज़ अल्फ़ाज

अल्फ़ाज़ नाराज़ हैं मुझसे
मिलने ही नहीं आते आजकल

कैसे मनाऊं उन्हें
कैसे रिझाऊं उन्हें

मेरी भी ग़लती है
वक़्त नहीं दे पाता उन्हें

दुनियादारी के चक्कर में
भूल गया हूँ उन्हें

थोड़ा वक़्त दो ऐ दोस्तों
ख़्याल फैलाये आऊंगा मिलने को

माफ़ कर देना।।

वक़्त

मन करता है दिन को खींचकर
उसके कुछ घंटे बढ़ा दूँ
ताकि तुम्हारे साथ
कुछ और वक़्त गुज़ार सकूँ

क़ायनात का सारा निज़ाम
उलट पलट हो जाएगा
सूरज चाँद और तारे
बौखला जाएंगे बेचारे

सूरज का 'नाईट शिफ्ट' होगा
चाँद का पता नहीं क्या होगा
तारों की तो बात ही मत पूछो
इंसानो की नींद का क्या होगा

लेकिन इन बातों से मुझे क्या
मैं तो दिन को खीचूँगा, घंटे बढ़ाऊंगा
और तुम्हारे साथ
कुछ और वक़्त गुज़ारूंगा।।

उड़ते ख़्याल

उड़ते ख़्यालों के पर काटने में
एक तकलीफ़ सी होती है
वरना कुछ और शेर रहते
इन पन्नों के पिंजड़े में

ख़्यालों के उड़ान में जो ख़ुशी है
वो उन्हें बाँधने में कहाँ
उन्हें उड़ते देखने में जो मज़ा है
वो शेर कसने में कहाँ ?

काग़ज़

काग़ज़ को क्या पता
उसपे क्या क्या लिखा जाता है
उसे किसी ने पढ़ना लिखना
थोड़ी न सिखाया है

कभी किसी के अशआर
तो कभी प्यार का इक़रार
कभी एक कहानी की शुरुआत
तो कभी कोई बिखरी सी बात

कभी कोई धोबी का लिस्ट
तो कभी बनिये की फ़ेहरिस्त
कभी नौकरी की चिट्ठी
तो कभी चाणक्य नीति

रोज़ स्कूल जाता है यह काग़ज़
कितनों को पढ़ाने लिखाने
लेकिन ख़ुद बिना कुछ सीखे
वापस आ जाता है बस्ते में।।

Long Weekend

दरवाज़ों पे पड़ा
अख़बारों का ढ़ेर
Long Weekend की
गवाही देता है

ख़बरों की लाश लिए
इस इंतेज़ार में के
कब दरवाज़ा खुले
और रद्दी में दफ़नाया जाए

कई बार कोशिश की
की क़ब्रों को खोद कर
लाशों को ज़िंदा करूँ
पर ये कभी न हुआ।।

शाम आती है

मेरे घर सुबह नहीं आता
सिर्फ़ शाम आती है

थके से सूरज के किरणों पे सवार
सुनहरी शाम आती है

पर्दों के बीच से
सहम सहम के शाम आती है

दिन भर की ख़बरों को लिए
इवनिंग पोस्ट वाली शाम आती है

ऑफ़िस से घर जाते
लोगों वाली शाम आती है

एक और रात का आग़ाज़ लिए
सिलेटी शाम आती है

कुछ देर बालकनी पे लेट–ती है
और फिर, कल तक के लिए चली जाती है।।

जब

जब lamp-posts से
पीली बारिश गिरती है

जब काली सड़कें
आइना बन जातीं हैं

जब पतलूनें
ऊंची हो जातीं हैं

जब जूते
सहम सहम कर चलते हैं

जब डॉक्टरों की
कमाई बढ़ जाती है

जब तौलिये की ड्यूटी
डबल हो जाती है

जब डरे हुए परिंदे
खुल के उड़ नहीं पाते

जब सारे शहर को
एक नया Soundtrack मिल जाता है

और बक़ौल गुलज़ार
जब पहिये कुल्ले करते हैं

तब मुंबई में
Monsoon आ जाता है।।

नयी दोस्ती

बीच रात एक ख़्वाब
सिरहाने गिर गया
मासूम और तन्हा
अपनों से जुदा हो गया

यूँही भटकते भटकते
उसे एक और ख़्वाब मिला
अकेला कोने में बैठा
सर झुकाये, मासूम और तन्हा

एक ने दुसरे से पूछा,
'क्या तुम भी मेरी तरह
रास्ता भटक गए हो,
अपनों से बिछड़ गए हो?'

फिर क्या, दोस्ती हुई उनकी
हाथ मिलाये गए
और दोनों साथ चल दिए
सुबह तक का सफर तय करने।।

याद

कभी कभी न जाने क्यों
बेवजह अनजाने में यूँही
तुम आ जाते हो ख़्यालों में
एक प्यारी सी याद बनकर

फिर उस याद के चाँद को
डुबोते हो इस दिल के सागर में
और होके एक कश्ती में सवार
जाते हैं हम सपनों की बस्ती में

बस्ती में कुछ दिये जल रहे थे
और रात काफ़ी गहरी थी
कुछ देर पहले खाए हुए
खाने की ख़ुश्बू भी फैली थी

दूर कुछ ख़ामोशियाँ बैठीं थीं
आपस में कुछ बातें करतीं
और मैंने तुमसे हौले से कहा
'हो सके तो इन्हें सुनो ज़रा'।।

नन्ही सी जान

एक बार जब नींद न आई
जा पोहचा तारों से मिलने
बालकनी में हवा सर्द थी
ट्रैफ़िक की आवाज़ भी नहीं थी

सामने लैम्पपोस्ट के नीचे
खड़ी थी एक नन्ही सी जान
ठंड में थरथराती
ज़िन्दगी से हार मानती

मैंने आवाज़ देकर कहा
'ऊपर आ जाना ज़रा
बाहर की ठंड में
डर है बीमार पड़ने का

हल्के पाँव ऊपर आई वो
ठंड से सफ़ेद हुआ चेहरा लिए
सहमते हुए बैठी आर्मचेयर पे
मैंने बढ़ाई चादर और चाय

चेहरे की लाली थोड़ी वापस आई
तो पूछा मैंने, 'कौन हो तुम, कहाँ से आई?'
उसने कहा, 'मैं इस रात की बेटी हूँ
ज़रा रास्ता भूल गयीं हूँ'

वक़्त गुजरा, चिड़ियों ने कहा
सहर होने को आई
वो उठकर बढ़ी दरवाज़े की ओर
तो मैंने पूछा, 'फिर कब मिलोगी?'

बोली, 'जब तुम्हें नींद न आएगी अगली बार'।।

तन्हा रात

एक तन्हा सी रात
दुल्हन बनते बनते रह गई
न गहने आए, न सजानेवाले
और न ही बैंड बाजा–वाले

अकेले सोने की कोशिश में
लगी रही वो सारी रात
आज चाँद भी साथ न था
तारे तो दूर की बात

अब सुबह का इंतज़ार था
कि चमकती रौशनी आये
और अपनी आग़ोश में लेकर
ये आज़माईश ख़त्म करे

सुबह के इंतज़ार में
दुल्हन बन–ने के ख़्वाब में
आँख लग ही गयी उस रात की
कौन जाने अगली रात क्या होगा ?

भरी सड़कें, खाली पेट / Obama's welcome

भरी सड़कें
ख़ाली पेट
मुंबई के लाखों का
यही है Fate

एक वड़ा पाव में
दिन निकाल लेते हैं
रात ढले सड़कों को
बिस्तर बना लेते हैं

दूर देश के Obama
नहीं मिलेंगे इन लाखों से
Marine Drive और Sea Link देखकर
चले जाएंगे वापस USA

सड़कों में भीड़ बढ़ती जायेगी
पेट शायद ख़ाली ही रहेगा
सोने की जगह कम होती जाएगी
मुंबई शहर जारी रहेगा।।

शहर trilogy

१.

ये सारा शहर आज
धुआं धुआं सा क्यों है
इसे मेरे दिल का आलम
कैसे पता चला ?

२.

शहर वही है
सांसों में हवा भी वही
बस न जाने कैसे
हमारी राहें अलग हो गयीं ?

३.

मेरे तलवों पर
पूरे शहर का नक़्शा है
हर गली, हर नुक्कड़ का पता है
सिर्फ़ एक तेरा पता नहीं मिलता।।

गोआ वाली बस

कुछ नज़्मों की
तलाश करते करते
कल गया था
दिल के तहख़ाने में

नज़्में तो नहीं
पर वो रात मिली
जिसे हमने साथ में
गोआ वाली बस पे गुज़ारी थी

अकेली बैठी थी
एक कोने में
बात तक नहीं
किया उसने

बस एक टक लगातार
देखती रही मुझे
जैसे पूछना चाहती हो
'भूल गए न मुझको' ?

कहाँ

कहाँ बसता है
तुम्हारा ख़ुदा,
तुम्हारी लम्बी दाढ़ी में
या फिर ऊंचे पजामे में ?

कहाँ बसता है
तुम्हारा भगवान,
तुम्हारे लम्बे टीके में
या फिर गेरुए रंग में ?

कहाँ बसता है
तुम्हारा ईसा,
तुम्हारे क्रॉस में
या होली वाटर में ?

जरा बगल में खड़े इन्साँ के
दिल में झाँक–कर देखो
वहाँ भी बसता है
वही ख़ुदा, भगवान और ईसा।।

एक एकलव्य

एक एकलव्य ही तो हूँ मैं
और मेरे कई द्रोणाचार्य
ग़ालिब, फ़ैज, मीर, मजाज़
मजरूह, शैलेन्द्र, साहिर और गुलज़ार

हर रोज़ कोशिश करता हूँ
लफ़्ज़ों की दक्षिणा देने की
और रोज़ यही लगता है जैसे
दक्षिणा पसंद न आई उन्हें

ख़ैर, ता–उम्र कोशिश जारी रहेगी।।

कहाँ (माफ़ कर दीजियेगा गुलज़ार साहब)

तसव्वुर–ए–जाना तो
अब भी करते हैं
पर वो फ़ुर्सत के रात दिन कहाँ ?

तेरे आँचल का साया
अब भी दिल को छु जाता है
पर वो आँगन और औंधापन कहाँ ?

गर्मियों की रातों में
पुरवाईआं अब भी चलतीं हैं
पर वो छत और सफ़ेद चादर कहाँ ?

मेरी अम्मीजान

उनकी भीनी बूढी ख़ुश्बू
अब भी बसी है ज़हन में कहीं

उनके हांथों से झले हुए पंखे की ठंडक
अब भी महसूस होती है गर्मियों में

उनका बनाया अंडे का हलवा
अब भी ज़बान में है उसका मज़ा

उनकी दी हुई सारी ईदीयां
अब भी जमा है दिल की गुल्लक में

उनकी मीठी आवाज़ में 'शोमू' सुनकर
अब भी नींद से उठ जाता हूँ कभी कभी

मेरी अम्मीजान गयीं नहीं कहीं
वो अब भी रहती हैं मेरे साथ यहीं।।

नज़्म trilogy

१.

ज़हन की एक नुक्कड़ पर
ख़यालों को कुछ अल्फ़ाज़ मिले
और नाराज़गी से कहने लगे
''आजकल मिलते नहीं हो हमसे?''

२.

फिर से ज़हन के दफ़्तर में
ख़यालों की अर्ज़ियाँ डालीं हैं
अब एक एक कर के धीरे धीरे
कुछ अच्छी बुरी नज़्में निकलेंगीं।

३.

ज़हन की एक नुक्कड़ पर
ख़यालों को फिर से कुछ अल्फ़ाज़ मिले
फिर क्या, बातों बातों में
एक नज़्म निकल आई कहीं से।

आशु मियां हमारे

आशु मियां हमारे
अब चार साल के हो चले
अभी कल ही की तो बात है
के तीन के हुए थे

अक़्ल के पक्के हो रहें हैं
बड़े बड़े सवाल करते हैं

"कौन जादा पॉवरफुल है
हवा, आग, पानी
या फिर दीवार?"

"हमें चलने के लिए
पैर क्यों उठाना पड़ता है
ट्रक तो यूँही चलती है"

मार पिटाई के खेल में
बड़ा मज़ा आता है मियां को
चोट लगती रहती है
फिर भी पीछे हटते नहीं

कभी जब दिमार हो जाते हैं
सब की जान ले लेते हैं
और जब ठीक हो जाते हैं
वापिश मार पिटाई शुरू कर देते हैं

बड़ी जल्दी नाराज़ भी हो जाते हैं
और गर मनाने जाओ तो
धीरे धीरे, धीरे धीरे
मुस्कराने लगते हैं

घर में सालगिरह जिसकी भी हो
केक आशु मियां ही काट–ते हैं
और आज तो उनकी ही सालगिरह है
आज तो बड़ावाला केक काटेंगे।।

नजरों की अठखेलियां

नज़रों की भी अपनी ही
अठखेलियां होतीं हैं

मिलतीं हैं तो
रिश्ते बनातीं हैं

मुड़ जाएँ तो
नाते तोड़ देतीं हैं

झुकीं रहें तो
शर्मसार रहतीं हैं

उठ जाएँ तो
नाफ़रमान हो जातीं हैं

ग़म मिले तो
बरस पड़तीं हैं

ख़ुशी मिल जाए तो
छलक सी जातीं हैं

कोई इनमें समा जाए तो
वहीँ का हो जाता है

कोई इनसे गिर जाए तो
कभी उठ नहीं पाता।।

झिझक

जब पास थे तो दूरियां थीं
अब दूर हो तो ये कसक कैसी ?

जब कुछ नहीं था तो ख़्वाहिशें थीं
अब सब कुछ है तो ये प्यास कैसी ?

इश्क़ का मातम तो कब का मना चुके 'मीम'
फिर उसे दफ़नाने में ये झिझक कैसी ?

जद्दो–जहद

जीने की
जद्दो–जहद में
जूते घिस गए
जाम टूट गए
जेबें खाली हो गयीं
जज़्बात भी सूख गए

जम के जीने की ज़िद लेकिन
अब भी जारी है।।

एक मुलाक़ात

काली चादर से ढकी हुई रात में
दिख गयीं दो मुस्कुराती रौशनी
एहसास हुआ नजरों की मौसीकी का
अनजाने जज़्बातों की चाशनी बनी

फिर बेंच पे लेटे लेटे बातें हुईं
गोद में सर रख कर आँखें मिलीं
उँगलियों के बीच शरारतें हुईं
और सांसें हाँथ पकड़कर सो गयीं।।

शाम का एक जाम

पीने का क्या है
पीया, पीया
ना पीया, ना पीया

सीने के ज़ख़्मों का क्या है
सीया, सीया
ना सीया, ना सीया

और जीने का क्या है
जीया, जीया
ना जीया, ना जीया

फिर भी इस शाम का एक जाम
तो बनता है इस 'मुए मीम' के नाम

पीने का क्या है
पीया, पीया
ना पीया, ना पीया।।

एक और ख़्वाब

कल पूरी रात
थे तुम साथ

सुबह जागा
तो समझा

एक और ख़्वाब दिखाकर
फुसला गए तुम।।

Writer's Block

स्याही सूखी है
क़लम बेजान है
ख़्याल ख़ाली हैं
पन्ने वीरान हैं

अब ऐसे में तेरी याद आ जाए
तो एक आध नज़्म निकल आये।।

निज़ार का तर्जुमा

गर्मियों की शामों में
मैं साहिल तक जाता हूँ
और तेरे बारे में सोचता हूँ

सोचता हूँ, गर मैं समंदर को बताता कि
मैं क्या महसूस करता हूँ तेरे बारे में
तो वो साहिल, रेत, रेत के घरौंदे, शाम, चाँद...

सब छोड़कर मेरे पीछे चला आता।।

ख़्याल तो हैं

ख़्याल तो हैं
पर अलफ़ाज कहाँ ?

ख़ुशी भी है
पर जश्न कहाँ ?

और ज़िन्दगी भी है
पर नब्ज़ कहाँ ?

The Senses

1- Sound

कभी कानों में अपने यूँ
मेरी धुनों की बाली पहनो तुम...

फिर देखना क्या खूब जँचोगे।।

2- Smell

इस बार की बारिश में यादों को भी भीग जाने दो
फिर धीरे धीरे, सौंधी सौंधी सी ख़ुश्बू आएगी उनसे

मुअत्तर हो कर घुमते रहना।।

3- Sight

तुम्हारी पलकों से बंधा हुआ हूँ 'मीम'
जिधर नज़रें फेरोगे, मुझे ही पाओग।।

4- Touch

मेरे लिबास से होकर तेरी ख़ुश्बू दिल तक आ रही है
तूने बस यूँही मेरी शर्ट पे हाँथ फेर कर कहा था,

'बड़े अच्छे लग रहे हो मियाँ'।।

5. Taste

माज़ी के मर्तबान में यादों का अचार लगा रखा है
जब ज़िन्दगी रूखी होती है, ज़रा सा चख लेता हूँ।।

लिखो

लिखो
इसलिए नहीं की कुछ लिखना है
लिखो
इसलिए की कुछ निकलने को बेताब है
लिखो
इसलिए नहीं की तारीफ़ चाहिए
लिखो
इसलिए की ख़ुद की धिक्कार न मिले
लिखो
इसलिए नहीं की अक़्लमंद माने जाओगे
लिखो
इसलिए की दिल अक़्ल से बड़ा है
लिखो।।

ग़ज़ल

लिख के अनलिखा करते हो
ऐसा क्यों जनाब करते हो

आधी ज़िन्दगी तो जी ली
बाक़ी का क्या हिसाब करते हो

दिल को तो कब से दबा रखा है
अब क्यों इंक़लाब करते हो

सब कुछ तो बेपर्दा हो गया है
तो अब क्यों नक़ाब रखते हो

इश्क ने जब फ़कीरी सिखा दी
'मीम' फिर क्यों नवाब बने फिरते हो।।

ख़्याली पुलाव

सोचता हूँ आज
ख़्याली पुलाव पकाऊं
थोड़ी आहें डालूंगा
थोड़े वादे भी डालूंगा
उम्मीदों का तड़का
और चाहतें भी डालूंगा
और नमक, याद–अनुसार...
फिर धीमी आंच पे देर तक पकाउंगा
तेरी भीनी सी ख़ुशबू आने तक।।

सबक़

रिश्तों के रेशों में
सालों के फेरों में

उम्मीदों की लहरों में
मायूसियों के घेरों में

ज़िन्दगी का सबक़ 'मीम'
ज़िन्दगी भर जारी रहता है।।

www.ingramcontent.com/pod-product-compliance
Ingram Content Group UK Ltd.
Pitfield, Milton Keynes, MK11 3LW, UK
UKHW042011190726
13854UKWH00005B/2250

9 789390 543120